J

MW01106619

Pour ma tante Germaine Charest Rivard en lui souhaitant une bonne lecture !

La Loi du talion

Éditions de la Paix

Gouvernement du Québec

Programme de crédit d'impôt pour l'édition de livres

Gestion SODEC

Le Conseil des Arts | The Canada Council
du Canada | for the Arts

Nous remercions le Conseil des Arts du Canada de l'aide
accordée à notre programme de publication.

Nous reconnaissons l'aide financière du gouvernement
du Canada par l'entremise du Programme d'aide au
développement de l'industrie de l'édition (PADIÉ) pour nos
activités d'édition.

Jocelyne Charest

La Loi du talion

Collection Ados/Adultes, no 25

Éditions de la Paix

pour la beauté des mots et des différences

© 2004 Éditions de la Paix

Dépôt légal 4e trimestre 2004
Bibliothèque nationale du Québec
Bibliothèque nationale du Canada

Imprimé au Canada

Illustration Fil et Julie

Graphisme Guadalupe Trejo

Révision Jacques Archambault

Éditions de la Paix
127, rue Lussier
Saint-Alphonse-de-Granby
Québec J0E 2A0
Téléphone et télécopieur (450) 375-4765
Courriel info@editpaix.qc.ca
Site WEB http://www.editpaix.qc.ca

**Données de catalogage avant publication
(Canada)**

Charest, Jocelyne

  La loi du talion

  (Collection Ados/adultes ; no 25)

  Comprend un index
   ISBN 2-922565-85-8

   I. Fil, 1974. II. Julie, 1975 . III. Titre .

PS8605.H37L64 2004 jC843'.6 C2004-941122-5

PS9605.H37L64 2004

PROLOGUE

Je suis qui je suis. Je possède un très grand pouvoir. Maintenant, je suis égal à ce que vous appelez Dieu ou le diable, c'est comme vous voulez.

Moi, ici, sur cette terre, je fais ce que je veux et avec qui je veux.

Vous ne me croyez pas ?

Attendez, vous ne perdez rien pour attendre.

Je vous promets que je vais vous surprendre. Que je vais vous dérouter.

Vous ne me croyez toujours pas ?

Y aurait-il des sceptiques dans la salle ?

Dites-vous que je sais comment m'y prendre. Je vous connais. Je sais qui vous êtes. Je sais comment vous êtes. Je sais à quoi vous aspirez. Je connais tous vos désirs. Je connais toutes vos faiblesses. Je peux lire dans vos pensées et déceler vos états d'âme. Et vous ne le savez même pas.

Tant pis pour vous !

CHAPITRE PREMIER

Écriture automatique

C'est Lui qui m'a montré comment. Il m'a dit qu'il pouvait m'aider, me montrer le chemin. Il m'a dit que je pourrais me confier à Lui. Il me disait que je ne devrais pas communiquer avec d'autres personnes. Mais moi, je voulais le faire et j'avais une idée précise en tête. Le processus a été long. Je ne parlais qu'à Lui. Puis un jour, j'y suis arrivé. Je ne le connaissais pas. Je savais seulement que j'avais affaire à une personne différente. Ça a pris du temps, mais j'y suis arrivé.

Olivier avait réussi. Il lui demanda qui il était, ce qu'il faisait. Il lui répondit :

— Je suis qui je suis et je cuisine.

— Que cuisines-tu ?

— Attends, je vais te montrer.

Sa main cessa d'écrire. « Allez, idiot ! Ne le laisse pas filer ! », se morigéna Olivier.

Son front était en sueur. Sa main se remit à bouger sur la feuille, mais elle ne traçait que des cercles.

« Concentre-toi et ÉCRIS, concentre-toi et ÉCRIS, concentre toi et ÉCRIS », se répétait-il.

Puis il se mit à esquisser des traits à toute vitesse de gauche à droite et de droite à gauche, transperçant le papier.

« Concentre-toi et ÉCRIS, concentre-toi et ÉCRIS, concentre-toi et ÉCRIS. »

Finalement, sa main se remit au travail.

— Veux-tu avoir ma recette, oui ou non ?

Il ne l'avait pas perdu. Il était revenu en contact avec l'esprit. Malgré lui, il se mit à sourire. « Ça y est, maintenant, tout va bien aller. »

— Tu me la donneras tout à l'heure. Je veux d'abord savoir où tu es, dit-il à l'esprit.

— Je me fais pisser dessus par le gars du dessus.

— Ça veut dire quoi, ça ?

— Pas de tes affaires.

— Ça fait longtemps que tu es à cet endroit ?

— Oui, ça fait une éternité.

— Quand sortiras-tu ?

— Dans deux cent cinquante ans. Ha ! ha !

— Tu blagues !

— Non, et tu peux bien aller te faire voir !

Sa main devint folle à nouveau et, cette fois, se souleva haut dans les airs pour retomber avec force sur la feuille et tracer des points. Il changea de feuille, celle-ci étant complètement perforée. Les réponses étaient agressives. Peut-être était-il allé trop loin. Il allait le perdre.

— D'accord, tu peux me donner ta recette.

Sa main se mit à écrire tellement vite qu'il n'avait pas le temps de lire un seul mot, sauf les derniers lorsqu'elle s'arrêta brusquement à la fin de la page pour gribouiller une signature tout à fait illisible. À la lecture de ce qu'il venait d'écrire, Olivier fit la grimace. Il s'agissait d'une recette, bien détaillée, de biscuits aux vers de terre.

Son ventre gargouilla. Sa main écrivit :

— Ha ! ha !

CHAPITRE DEUX

Olivier Bonnin (I)

En principe, je devrais dormir, mais je suis là, étendu sur mon lit et j'ai la trouille.

J'ai peur de l'obscurité et de tout ce qui pourrait se dissimuler sous mon lit, comme lorsque j'étais gamin.

Je relis sans cesse ma première communication et cette recette que l'esprit m'a donnée.

Sur le coup, j'ai trouvé ça drôle. Mais par la suite, j'ai ressenti une vague angoisse. Je ne sais pas pourquoi au juste. C'est probablement dû au fait que j'ai enfin réussi à communiquer avec quelqu'un d'autre que Lui.

L'écriture automatique, voilà comment ça s'appelle. J'ai lu des bouquins sur le sujet il y a quelques mois et c'est ce qui m'a donné le goût de tenter l'expérience. Cela ressemble au jeu de ouija qui, semble-t-il, nous permet de communiquer avec des esprits. Sauf que je n'ai pas besoin d'une planchette et d'un curseur ; un crayon et une feuille de papier suffisent pour écrire tout ce que l'esprit veut me communiquer.

Ma mère ne sait pas ce que je fais. Elle me questionne sur le fait qu'elle trouve ma chambre comparable à une zone sinistrée. Je lui réponds invariablement que c'est à cause de tel ou tel livre perdu que je tente de retrouver. Je lui promets alors de faire le ménage et je peux ainsi clore la discussion.

Évidemment, rien n'est vrai. Je ne peux pas lui dire la vérité.

Je ne peux pas lui dire que je parle avec un esprit, et encore moins que, lorsque je tente d'en savoir davantage sur lui, il se fâche. Il démolit ma chambre. Il attend toujours que maman soit absente pour piquer ses crises. Mes livres, mes vêtements se retrouvent éparpillés dans tous les coins de la pièce. Il a même réussi à casser mon téléphone en forme de ballon de football, celui que papa *m'a donné un an avant de mourir dans ce stupide accident de la route.*

J'ai réussi à le recoller tant bien que mal, mais il a cessé de fonctionner.

Il y a deux mois, ma mère a eu l'idée de prendre un deuxième boulot. Elle enseigne l'anglais trois soirs par semaine. Elle ne sera donc pas ici ce soir.

Je me sens observé. Je n'ose pas sortir le petit orteil de mes couvertures. C'est complètement stupide, je le sais, mais je n'arrête pas de m'imaginer des choses. On dirait que les arbres tout près de ma fenêtre prennent un malin plaisir à créer des ombres chinoises sur mon mur. Je vois de longs bras, des mains et des doigts crochus qui s'agitent.

Je suis incapable de faire entendre raison à mon cerveau. J'ai le pressentiment d'être en danger. En danger de quoi ? je l'ignore.

Qu'est-ce qui me prend, tout à coup ?

Pourtant, auparavant, l'écriture automatique ne me faisait pas peur.

J'ai les yeux fixés au plafond. Je ne regarde rien, sauf la pénombre de ma chambre. Je pense.

Je pense à mes peurs et à mon comportement pendant la soirée d'hier. J'ai honte. Je ne comprends pas pourquoi je me suis fâché ainsi. Pourtant, j'avais tellement hâte d'y assister, à cette fête de fin d'année. Tous mes amis de quatrième secondaire étaient là. Zacharie et Julie aussi, mes coéquipiers de travail et meilleurs amis. Tout ça a commencé lorsque je me suis rendu compte que tout le monde se faisait servir son repas et que moi, je poireautais, attendant que l'on me serve. Il y en avait même qui avaient terminé. Puis Antoine s'est mis à rire et là, j'ai explosé. J'ai tiré la nappe d'un coup sec. Imaginez les dégâts...

J'ai vu rouge. Je le sais. Je me suis levé sans rien dire et je suis parti.

La suite, je l'ignore. Pourtant, c'est arrivé hier. Je n'arrive pas à me souvenir de ce qui s'est passé entre le moment où je me suis levé de table et le moment où je suis entré dans ce chalet.

Je sais seulement que le chalet appartient à nos voisins, que j'y suis entré trempé jusqu'aux os, que j'étais pieds nus et que je braillais comme un bébé.

Après, encore le néant.

La faculté de me souvenir ne m'est revenue qu'à mon réveil, le lendemain. Il régnait un désordre épouvantable dans ce chalet. J'ignorais si c'était moi qui avais fait ça, si c'était l'esprit ou simplement mes voisins eux-mêmes. Ma mère était folle d'inquiétude lorsque je suis rentré à la maison.

C'est une véritable hantise. On dirait que les bouleaux de notre jardin ont décidé de me rendre fou. Leurs doigts crochus s'agitent de plus en plus et plongent dangereusement vers mon cou.

Un bruit de verre. Ça y est, les doigts crochus s'attaquent aux carreaux de ma fenêtre.

Mais non, c'est un bruit de verres qui s'entrechoquent légèrement.

Je sais, j'ai deux verres sur ma table de chevet. À tâtons, j'en prends un et je le dépose sur le plancher. Ils ne pourront plus s'entrechoquer, pensai-je.

Alors que je suis enfin sur le point de m'endormir, j'entends clairement ce bruit cristallin. Encore.

Ting !

CHAPITRE TROIS

Rêve ou réalité

Olivier tomba de son lit.

Il avait entendu une voix. Quelqu'un avait dit son nom.

Assis sur le plancher, il regarda le vide que la nuit avait apporté avec elle. Ses yeux s'habituèrent à la pénombre. Il étudia sa chambre d'un regard circulaire en commençant par la porte qui était bel et bien fermée. Ses yeux fixèrent ensuite la fenêtre restée intacte.

« J'ai dû rêver », se dit-il.

Il se recoucha et remonta ses couvertures jusqu'à son menton. Il se sentit quelque peu protégé par ses draps.

— Olivier, prends un crayon !

Est-ce que ça venait de sa tête ?

Cette fois, il n'avait pas rêvé. Quelqu'un lui parlait dans son esprit ou peut-être même tout haut, il n'en était pas certain.

À nouveau, il entendit la voix, avec la même commande.

— Olivier, prends un crayon !

Il alluma sa lampe de chevet, se leva, ouvrit son tiroir de bureau pour en sortir un bloc-notes et un crayon. Puis, il revint vers son lit et s'y installa à plat ventre. Au moment où il prit son crayon entre ses doigts, sa peur s'évapora quelque peu.

— Qui est là ?

— Moi.

— Qu'est-ce que tu veux ?

— J'ai des choses importantes à te dire.

— Quoi ?

— Il va falloir que tu te défendes. Tu vas être attaqué. Ce soir.

La surprise de ce qu'il venait d'écrire paralysa Olivier.

« Calme-toi ! Il te fait sûrement une plaisanterie. Comme sa recette de biscuits qu'il t'a donnée l'autre jour », se dit-il à lui-même. Puis à l'esprit :

— Tu blagues ?

— Pas du tout. Tu ne dois pas te rendormir ce soir. Tu dois rester éveillé.

— Je ne comprends pas !

— Ce n'est pas difficile à comprendre. Tu es un imbécile.

« Aucun rapport ! Pourquoi il m'insulte ? » se dit Olivier en aparté.

Olivier ne percevait aucun son, mis à part celui de son crayon qui s'était remis au travail.

— Tu devras le massacrer. Viser bas. Si tu ne veux pas qu'il te tue. Souviens-toi, VISE BAS.

— Qu'est-ce que tu veux dire ?

Rien. Pas de réponse. La communication venait de s'interrompre.

Puis Olivier entendit un bruit, comme des pas feutrés. À peine perceptibles.

— Est-ce qu'il y a quelqu'un ?

Pas de réponse. Il ne percevait que le tic tac régulier de son réveil.

« Ce n'est rien. Rien du tout. Ce n'est pas le temps de m'adonner à la paranoïa, tout de même ! »

Il serra les dents pour les empêcher de claquer. Il prit sa batte de baseball d'une main. La batte était solide et fabriquée en aluminium, ce qui le rassura quelque peu.

Les pas feutrés se rapprochaient, mais on aurait dit qu'ils venaient de partout. Impossible de savoir si ça venait de la gauche ou de la droite.

Un bruit de tuyauterie frappée avec un marteau, partout à la fois et à intervalles réguliers, fit d'abord sursauter Olivier. Mille échos résonnaient dans sa tête. Un vacarme de plus en plus assourdissant. De plus en plus fort. Insupportable.

Olivier se boucha les oreilles et cria.

— C'est assez ! ASSEZ !

Le tapage cessa enfin.

Est-ce qu'il était timbré ? On ne peut pas commander à un bruit de cesser ainsi, à moins que le phénomène n'ait été qu'une hallucination.

Il parcourut le corridor. La porte de la chambre de sa mère était ouverte. Elle n'était donc pas encore rentrée.

Olivier traversa le vestibule jusqu'à la cuisine, rien ne semblait avoir bougé.

Quelque peu rassuré, il s'apprêtait à retourner dans sa chambre lorsque, au moment où il tournait la tête, il vit une ombre se mouvoir à l'extérieur. Elle passa devant la fenêtre de la cuisine.

Puis il sentit quelque chose, une odeur. Une odeur pestilentielle qui lui rappelait quelque chose. Mais quoi ? Des souvenirs trop lointains.

« Il avait raison. Quelque chose va m'attaquer. Et cette chose est tout près, » pensa-t-il.

Il avait envie de crier. Crier à s'en fendre l'âme, mais il n'osait pas. Il avait peur de précipiter les choses.

Un haut-le-cœur l'obligea à s'arrêter. La puanteur était toujours là. Il devait absolument respirer un peu d'air frais. Ouvrir la porte et prendre une bouffée d'air. Sinon il allait s'évanouir. L'ombre le repéra et, alors qu'il croyait perdre connaissance, il la sentit dans son dos. Il se souvint alors des paroles de l'esprit. Toujours armé de sa batte de baseball, il visa bas.

CHAPITRE QUATRE

L'idiot du quartier
Saint-Benoît

Le cri que poussa Sylvie, la mère d'Olivier, fit trembler toute la maison.

Olivier se précipita dans la cuisine.

— Ne regarde pas, c'est trop affreux, intima-t-elle à son fils.

— Quoi ?

— Il y a du sang partout dans l'escalier.

Sylvie prit un plein seau d'eau bouillante et le versa dans l'escalier. Elle dut le refaire une deuxième et une troisième fois pour tout effacer. Elle songea alors qu'il serait prudent qu'elle fasse le tour du terrain... Est-ce que quelqu'un avait été tué dans sa cour ? S'il y

avait du sang, peut-être y avait-il un cadavre...
Olivier l'observa, elle tremblait comme une
feuille.

— Tu veux que je fasse le tour de la maison avec toi, maman ?

— Non, parce que si jamais je trouve
quelque chose, ce n'est pas la peine que tu en
fasses des cauchemars, toi aussi.

Sur ce, sa mère sortit pour inspecter la
cour.

Olivier se sentait fatigué. Pourtant, il avait
dormi comme une marmotte. Mis à part le
temps où il avait fait ce rêve dans lequel il se
battait avec quelque chose ou quelqu'un. Ce
rêve l'avait drôlement affecté, car il s'était
éveillé avec une profonde égratignure sur la
jambe gauche. Il s'était probablement fait cela
sur un coin de son lit, avait-il pensé. Mais tout
était tellement vague... La lutte était le seul
élément dont il pouvait se souvenir. Il gardait
en mémoire le fait d'avoir communiqué avec
l'esprit. Ça, il s'en souvenait, et il lui avait joué
un autre de ses tours en lui disant qu'il serait
attaqué. « C'était quoi, ces manières-là, me

faire peur ainsi ? Mais c'était seulement un rêve, non ? »

Sylvie revint quelques minutes plus tard et lui annonça, à son grand soulagement, qu'elle n'avait rien trouvé.

Cependant, elle ne comprenait toujours pas ce qui avait bien pu se passer. À moins que quelqu'un leur ait joué un mauvais tour en versant une substance similaire à du sang, avança-t-elle. Et si un meurtre était vraiment survenu ? Après tout, ce n'est pas nécessaire de laisser un cadavre sur place. On peut toujours l'emporter...

***

Après le déjeuner, Sylvie lui souffla un baiser, referma la porte derrière elle et partit au travail. Olivier savait qu'il aurait à affronter Zacharie et Julie puisqu'ils travaillaient ensemble à l'entretien paysager du cimetière La souvenance. Il ne les avait pas revus depuis l'épisode de la fête. Pas plus qu'il n'avait revu un seul de ses amis. Il se sentait mal à l'aise.

Il enfourcha sa bicyclette et se rendit à son travail.

Arrivé sur les lieux, il aperçut Julie et Zacharie déjà attelés à la tâche. Olivier décida d'aborder le sujet tout de suite.

— Excusez-moi pour mon comportement de l'autre soir.

— Ouais ! Tu en as fait une belle, répondit Zacharie. Qu'est-ce qui t'a pris au juste ?

— Je ne sais pas, c'est ça, le pire.

— Il y en a plusieurs qui sont vraiment fâchés contre toi, renchérit Julie. Du gras de poulet, ça tache, et du vin rouge aussi.

— Et les assiettes que tu as cassées, la mère d'Antoine ne l'a toujours pas digéré, l'informa Zacharie.

— J'irai m'excuser auprès d'elle et je rembourserai le prix de sa vaisselle.

Olivier prit une mine contrite. Il avait soudain envie d'éclater en sanglots. Lui, un gars de seize ans. Mais cette histoire l'avait tellement tracassé mentalement qu'il avait les émotions à fleur de peau. Zacharie s'en rendit compte et lui appliqua une tape dans le dos en lui disant :

— Bon, ça arrive à tout le monde de péter les plombs. Viens plutôt voir ce qu'on a découvert ce matin. Je trouve ça plutôt bizarre.

Zacharie et Julie entraînèrent Olivier tout au fond du cimetière. Il les suivit de bon gré. Puis Zacharie lui montra une petite croix de bois peinte en noir haute de quelque trente centimètres et une gerbe de roses noires déposée au pied de la croix.

— On dirait que quelqu'un de très pauvre a été enterré ici. Il n'y a pas de nom, rien du tout, et c'est plutôt misérable comme stèle, dit Zacharie en fixant tour à tour la croix, puis les roses. Je les ai comptées, il y a onze roses. Ça ne se vend pas à la douzaine, des roses ?

Et pourquoi des roses noires ?

— Ce devait être un nain ou un enfant. Si on regarde la terre, on constate qu'on n'a pas creusé un grand trou, fit remarquer Julie.

Lorsque Zacharie leva les yeux vers Julie, il entrevit une ombre furtive se faufilant derrière la haie de cèdres. Zacharie le reconnut, c'était Mario Bolduc, ou plutôt l'idiot du quartier Saint-Benoît, comme on l'avait surnommé.

— Qu'est-ce qu'il fait ici, dans le cimetière, et pourquoi se cache-t-il ?

Lorsque Zacharie vit la grosse tête de Mario sous sa casquette rouge un peu au-dessus du niveau du sol, il comprit qu'il marchait maintenant à quatre pattes. Étrange !

— Hé ! Mario, viens donc nous aider un peu. On a besoin de toi.

— Pourquoi tu l'appelles, Zacharie ? chuchota Julie. Laisse-le. Je n'ai pas envie de l'avoir dans les jambes à le voir tirer sa grosse langue toutes les trente secondes.

Julie n'était pas très contente. Mario la rendait toujours mal à l'aise, surtout depuis ce jour où il l'avait suivie alors qu'elle revenait de la polyvalente. Ce jour-là, elle était entrée précipitamment chez elle et s'était rendue dans sa chambre au pas de course. Elle avait alors aperçu un gros nez aplati sur la fenêtre et une grosse tête ronde collée à la vitre. Elle avait poussé un cri perçant, ce qui avait fait fuir l'idiot à toutes jambes.

Mario sortit de sa cachette et s'approcha lentement. Il s'arrêta devant eux et se mit à se balancer d'une jambe sur l'autre.

— Sa... salut, Zacharie, bégaya Mario de sa voix sourde qui semblait sortir tout droit d'une boîte de conserve.

Ses petits yeux porcins se posèrent sur Julie, puis sur Olivier. Il se sentit obligé de dire quelque chose. N'importe quoi.

— Ouais, tu pourrais nous aider, Mario. Viens, on va te montrer quoi faire.

Julie lança à Olivier quelques flèches du regard et elle lui murmura à l'oreille :

— Ne lui donne surtout pas les cisailles pour tailler la haie.

Olivier comprit ce qu'elle voulait dire. Lui aussi se sentait mal à l'aise en présence de Mario. On ne pouvait jamais deviner ce qu'il pensait vraiment. On ne pouvait que le regarder agir. D'ailleurs, il s'était arrêté près de Zacharie avec l'air de quelqu'un qui venait d'apercevoir l'un des morts du cimetière.

CHAPITRE CINQ

Olivier Bonnin (II)

Je suis content que Zacharie et Julie ne soient pas fâchés contre moi. Bon, je devrai rembourser les plats cassés, mais au moins, je n'ai pas perdu mes amis.

Il fait une chaleur étouffante, ce soir. Je n'ai pas envie de faire quoi que ce soit. J'ai mal à la tête. Les paroles de Mario me hantent. En quittant le cimetière cet après-midi, il m'a demandé s'il m'avait parlé.

Sur le coup, je n'ai pas compris ce qu'il voulait dire. Il m'a dit qu'il lui parlait à lui aussi. Je n'avais toujours pas compris, jusqu'à ce qu'il me dise qu'il se fâchait souvent contre lui.

Alors là, j'ai fait un plus un égalent deux.

Je ne suis donc pas le seul à communiquer avec les esprits. Mario aussi. Et il parle à la même personne que moi, dirait-on. Or, Mario sait à peine lire et écrire. Est-ce que ça signifie que l'esprit communique avec lui en se manifestant ? Peut-être lui parle-t-il dans sa tête ?

Maintenant, j'ai vraiment peur. Si l'esprit parle à cet idiot comme il le fait avec moi, alors il y a quelque chose qui m'échappe. Et je ne sais pas ce que c'est.

C'est comme si Mario en savait trop long à mon sujet. J'ai eu cette impression. Il me semble l'avoir vu dans ses yeux. Alors, qui a bien pu lui en dire autant ? C'est sûrement l'esprit.

J'ai voulu en avoir le cœur net et je suis entré en contact avec lui. Je lui ai demandé s'il parlait à d'autres personnes que moi. Il m'a répondu que oui. Qu'il parlait à beaucoup de gens. Pas seulement à moi. Il m'a dit qu'il parlait même aux morts.

Et là, ça m'a fait mal. Il m'a dit qu'il parlait à mon père. Souvent.

Qu'est-ce que mon père, l'esprit, moi et cet idiot de Mario avons en commun ?

Il me semble qu'il y a une personne de trop.

Je lui ai donc demandé pourquoi il était capable, lui, de parler à mon père, alors que moi, je n'avais jamais pu le faire.

Il m'a répondu que ça ne me regardait pas. Puis il s'est fâché. Et encore une fois, j'ai dû ramasser toutes mes affaires pêle-mêle, le lendemain.

J'aimerais parler à mon père. C'est d'ailleurs ce que j'avais en tête lorsque j'ai commencé à explorer l'écriture automatique. Mais rien. Papa m'ignore.

Ça fait six ans qu'il est mort et je ne peux pas parler de lui sans me mettre à pleurer à chaudes larmes. Maman dit que ça prend un certain temps pour faire le deuil de quelqu'un. Pour ma part, je crois bien que ça me prendra toute la vie.

Je déteste l'odeur de fleurs des salons funéraires. Ça sent les pompons plats, les *œillets, les orchidées, les lys, les roses. Tout ça mélangé, ça donne une odeur qui reste collée aux narines pour le reste de la vie. C'est un pot-pourri qui colle à la mémoire.*

Je déteste encore plus la boîte de bois verni dans laquelle on a déposé mon père. Ce maudit coffre m'a arraché mon enfance.

CHAPITRE SIX

Des cabanes pour les oiseaux

Emprunter le réseau de transport de la capitale était certainement l'un des dadas favoris de Mario. Tout le monde savait qu'il prenait le bus pour se promener, sans but précis. Juste se promener. Il lui arrivait même de refaire le même trajet plusieurs fois de suite lorsqu'il oubliait de descendre au terminus.

Les chauffeurs d'autobus, c'était connu, avaient surnommé les bancs avant « le banc des perdus » et « le banc des innocents ». Ce pouvait être, soit celui de gauche, soit celui de droite, cela n'avait pas d'importance. Alors que les bancs arrière étaient surnommés « les bancs des amoureux ».

Comme pour confirmer leurs dires, Mario s'assoyait toujours à l'avant, autant que possible. Et toujours du côté opposé au chauffeur. Lorsque la place était déjà prise, il restait debout, près de l'endroit convoité. Aussitôt que la place se libérait, il s'empressait d'y déposer ses grosses fesses.

Bien que, la plupart du temps, Mario n'ait pas de but précis en prenant l'autobus, aujourd'hui, il en avait un.

Il voulait acheter du bois. Il avait apporté son sac à dos précisément pour cela, il y entasserait ses achats.

***

Mario vivait seul dans un immeuble d'habitation, ses parents étant décédés. C'était une triste histoire que celle de la famille de Mario Bolduc. Mario était issu d'un second mariage. Dans la famille, on ne mentionnait jamais le nom de la première femme de son père, Charles Bolduc. On esquivait les discussions au sujet de Charles également parce qu'il avait été condamné pour le meurtre d'un détenu dans la prison où il travaillait comme gardien. La mère de Mario était morte d'un cancer généralisé et son père, mort d'une crise cardiaque alors qu'il était toujours derrière les barreaux. La plupart des locataires de son immeuble vivaient, comme lui, de l'aide sociale. Il y avait les irrécupérables de la société, assistés qui préfèrent s'asseoir entre deux caisses de bière dans leur salon plutôt que d'aller travailler. Quelques personnes âgées qui, elles, vivaient d'un maigre chèque de pension de vieillesse. Quelques étudiants qui, eux, n'avaient évidemment pas les moyens de se payer un appartement de luxe.

Mario consacrait une grande partie de ses maigres revenus à l'achat de son laissez-passer d'autobus, du bois pour ses bricolages, de colle à bois, de clous, de peinture de différentes couleurs, beaucoup de boissons gazeuses et d'un peu de nourriture.

Mario avait une passion : la fabrication de cabanes d'oiseaux. Il en fabriquait de tous les modèles et de toutes les couleurs. Il y en avait plein la cour et plein la chambre qui lui servait également d'atelier.

Ces cabanes attiraient des milliers d'oiseaux chaque jour et de différentes espèces selon les saisons. Ça lui faisait bien plaisir, car il adorait ces petites bêtes à plumes.

***

Mario fit ses achats et entassa le tout dans son sac à dos. Il revint chez lui et sortit le plan d'un nouveau modèle qu'il avait déniché à la bibliothèque et dont il avait fait une photo-copie.

— Eh Mario ! Tu es en train de te faire avoir, lui asséna l'esprit.

— Comment ça ? Je ne comprends pas !

— Ça sert à quoi de bâtir des maisons s'il n'y a pas d'occupants ?

— Je ne comprends pas.

— C'est parce que tu es un imbécile. Tu as compris ? UN IMBÉCILE !

— Non, ne dis pas ça. Je ne suis pas un imbécile. Maman m'a toujours dit que j'étais comme les autres. Juste un peu plus lent.

— Ta mère mentait. Elle voulait protéger son petit chouchou. Son petit garçon qu'elle avait enfanté sur le tard. Te souviens-tu du nom qu'on t'avait donné lorsque tu allais à l'é-cole ? Ton nom n'était pas Mario, mais l'idiot.

— Oui, je m'en souviens, mais maman disait qu'ils étaient méchants. Que ce n'était pas vrai. Que j'étais comme les autres. Juste un peu plus lent.

— Ta mère savait comment te ménager. Ta mère savait que tu étais un idiot, mais elle ne te le disait pas ! Ha ! ha !

— NON ! Ma maman me disait toujours la vérité. Tu es un menteur !

— Tiens, tiens ! On emploie de gros mots...

— Tu es un MENTEUR ! Et je ne veux plus que tu viennes me parler. Plus JAMAIS.

— Ça, Mario, tu ne pourras jamais m'en empêcher. De plus, tu ne le souhaites pas. Je suis le seul qui puisse te guider. Le seul qui te veut du bien. Me crois-tu, Mario ?

— Je ne sais pas. Je ne suis pas certain.

— Écoute-moi bien, Mario. Revenons à nos moutons. Tes cabanes d'oiseaux ne servent à rien parce que les oiseaux ne vont toujours pas y habiter. Ils n'en ont pas le temps.

Ils meurent presque tous avant. Tu dois chasser ce qui tue tes oiseaux.

— C'est ce que j'ai fait l'autre fois. Et plus tard, j'ai vu plein de sang. Ça ne bougeait plus.

— Ils reviennent. C'est tout !

— Je ne comprends pas.

— Voyons, Mario, c'est ta mère qui l'a dit, tu n'es pas un idiot.

— Oui, maman me disait ça.

— Alors mets ça dans ta petite tête. Ils reviennent. Il va falloir que tu recommences.

— Comment tu sais qu'ils reviennent ? Je ne les ai pas vus, moi.

— Je sais tout. N'oublie jamais ça !

CHAPITRE SEPT

Quand les roses...

Olivier avait encore son rêve en tête. Il travaillait machinalement à tailler la haie du cimetière. Son mal de tête accompagnant son cauchemar était encore présent. Il aurait peut-être dû ne pas aller travailler aujourd'hui. Le mal était tellement lancinant qu'il en perdait la vue par moment.

Julie et Zacharie devaient le trouver étrange ce matin. Il parlait peu et surtout, il le faisait machinalement. Si on lui avait demandé quel était le sujet de la conversation, il n'aurait jamais pu répondre. Le mal neutralisait tout souvenir de dialogue. De surcroît, ce matin, sa mère avait encore trouvé du sang dans la cour. Cette fois, c'était l'extérieur de la poubelle qui avait écopé. Sylvie avait étouffé un cri pour ne pas ameuter tous les voisins, mais elle était visiblement en état de choc. Maintenant, elle en était certaine, ce n'était pas une coïncidence. Malgré les haut-le-cœur, elle avait touché à la matière coagulée. C'était bel et bien du sang. Dans la cour, il n'y avait pourtant pas de cadavre. Dans la poubelle non plus. C'était au moins ça. Mais quand ça fait deux fois... Non, cela ne peut plus être un hasard.

***

Julie était occupée à arroser une rocaille de fleurs et de plantes diverses. À un moment donné, elle chercha ses compagnons du regard. Elle vit Zacharie qui se battait avec la tondeuse à gazon qui s'était arrêtée et refusait de redémarrer.

— Il doit y avoir quelque chose de coincé en dessous, lui cria-t-elle. C'est peut-être une branche ou quelque chose du genre. Regarde en dessous.

Zacharie s'exécuta. Elle avait effectivement raison. Un morceau de bois qui bloquait les lames. La tondeuse reprit vie. Julie tourna alors les yeux vers Olivier.

— Sapristi ! Olivier ! Qu'est-ce que tu fais là ?

Elle laissa tomber son arrosoir et se précipita vers Olivier. De près, les dommages étaient encore plus désastreux que de loin. La haie qui normalement devait avoir une forme carrée, revêtait maintenant toutes les formes géométriques. On n'aurait même pas pu en inventer d'autres.

Olivier sembla sortir d'une transe en entendant Julie crier son nom. Julie pointait maintenant la haie du doigt et le regardait comme si elle ne le connaissait pas.

— Quoi ? fit Olivier

— Regarde ce que tu as fait ! Qu'est-ce qui te prend ? Pourtant, tu sais comment tailler la haie, habituellement.

— Olivier la regarda, puis se tourna vers la haie et plaqua une main sur son front. Au même moment, Zacharie leur cria :

— Hé ! venez par ici. Non mais, j'ai la berlue. C'est incroyable ! Il y a une deuxième croix avec une gerbe de onze roses noires.

Olivier et Julie oublièrent momentanément la haie et se précipitèrent vers Zacharie.

— Il va falloir tirer ça au clair, dit Zacharie. Peut-être que nous devrions prévenir quelqu'un.

Qu'est-ce que tout cela signifiait ? Qui était enterré là-dessous ? Y avait-il un tueur en série qui enterrait ses victimes lui-même ? Une seule croix, ça pourrait toujours passer. Mais là, il y en avait deux. Ce n'était pas normal. On voyait nettement que la terre avait été remuée. Une fosse avait été creusée, comme si on y avait enterré un enfant ou un nain. C'est Julie qui l'avait dit l'autre jour, et elle avait sans doute raison. On ne pouvait pas enterrer un adulte dans un si petit espace. À moins qu'il n'ait été découpé en morceaux...

Ils se rendirent à l'endroit où se trouvait la première croix pour l'examiner de plus près. Elle était toujours là, bien entendu, les roses aussi, bien qu'elles fussent maintenant fanées. C'est en s'approchant pour examiner la terre de plus près qu'ils découvrirent une feuille de papier pliée en quatre et jaunie par le soleil.

Un relent envahit les narines d'Olivier lorsqu'ils déplièrent la feuille pour en lire une parodie d'une chanson de Salvatore Adamo :

Quand les roses fleurissaient
sortaient les filles.
On voyait dans tous les jardins
flotter des couteaux.
Puis les roses se fanaient,
allaient les filles
pour passer de vie à trépas
le temps d'une chanson.

C'était charmant, c'était charmant,
c'était charmant, le temps des roses,
quand on y pense, paupières closes.

Mais les roses d'aujourd'hui
sont bien réelles,
et les filles vont sentir les fleurs
été comme hiver.

Elles ne supportent plus l'ennui,
tant pis pour elles.
Elles se griment le corps et le cœur
de leur puanteur.

CHAPITRE HUIT

Mémoire qui fait défaut (I)

Mario ne savait pas quoi faire de sa peau. Il avait tellement mal à la tête que son visage de pleine lune était encore plus rond, tellement la douleur faisait gonfler tous ses neurones.

Il ne se souvenait plus de ce qu'il avait fait la veille. Son seul souvenir, il s'était réveillé tôt dans un abribus, couché sur un banc. L'humidité de la nuit avait fait son œuvre, il était transi jusqu'à la moelle.

Il avait bien quelques bribes de souvenirs, mais il était incapable de coller les morceaux en un tout cohérent.

Dans sa mémoire, la sensation de toucher un morceau de bois. C'est tout. Est- ce que c'était un de ces morceaux qu'il utilisait pour fabriquer ses cabanes ? Est-ce que c'était une branche d'arbre quelconque ? Est ce qu'il avait touché à un piquet de bois en sautant une clôture ?

C'était trop vague.

Dans sa mémoire, il entendit un cri, mais un cri de quoi ? Quelqu'un tombé de son lit ? Quelqu'un qui lui criait ? Un chien happé par une voiture ?

C'était trop vague. Trop abstrait.

Mario avait saigné à plusieurs endroits et le sang était maintenant séché. Ses vêtements étaient déchirés un peu partout.

Le plus précis dans sa mémoire, cette sensation de douleur, mais il ne savait pas pourquoi. Peut-être qu'il s'était pris lui-même dans une clôture de fil de fer barbelé. Ça lui était déjà arrivé, c'était possible. À bien y penser, il se souvenait maintenant d'avoir traversé quelque chose d'épais. Un petit éclair traversa son cerveau et il se souvint de s'être battu avec un tas de branches et de feuilles.

— Ha ! ha ! entendit Mario résonner dans sa tête.

CHAPITRE NEUF

Mémoire
qui fait défaut (II)

De son côté, Olivier ne savait que faire de sa peau. Il avait tellement mal à la tête que, s'il avait pu, il l'aurait prise et l'aurait déposée sur la table, le temps qu'elle cesse de faire des siennes.

Il ne se souvenait plus de ses actions de la veille. Tout ce qu'il savait, il s'était éveillé tôt dans son lit et tout habillé. Des brindilles d'herbe parsemaient ses draps avec une feuille par-ci par-là. Son corps était endolori, égratigné un peu partout, et tous ses muscles lui faisaient mal.

Lui revenaient bien quelques bribes de souvenirs, mais il était incapable de coller les morceaux pour créer un certain sens.

Dans sa mémoire, il avait la sensation de toucher quelque chose de froid. C'est tout. Est-ce que c'était un morceau de métal ? Est-ce qu'il avait pris un verre de jus d'orange dans le frigo ? Est ce qu'il avait touché à la poignée de la porte ?

C'était trop vague.

Dans sa mémoire, il entendit un bruit sourd. Mais c'était un bruit de quoi ? Une porte qui s'était refermée ? S'était-il évanoui ?

C'était trop vague. Trop abstrait.

La seule précision dans sa mémoire, cette odeur.

— Ha ! ha ! entendit Olivier.

CHAPITRE DIX

Dis-moi qui tu es

J'avais décidé d'apprendre qui il était. Ses réponses avaient toujours été vagues. Plusieurs de ses paroles étaient insensées comme réponses aux questions que je lui posais. Je saurais qui il était coûte que coûte. Tant pis pour les conséquences !

Olivier prit un stylo et du papier. Assis sur son lit, il se concentra et appela l'esprit. Sa main écrivit :

— Et hop, me voilà !

— J'aimerais te connaître davantage. Tu ne m'as pas dit grand-chose de toi.

— Ce n'est jamais bon d'être trop curieux.

— Tu m'as dit l'autre fois que quelqu'un te pissait dessus. Je veux savoir pourquoi.

— Parce que j'ai tordu le cou à toutes ces greluches.

Une goutte de sueur froide glissa dans le dos d'Olivier. Il eut envie de tout arrêter. Est-ce que cela voulait dire qu'il les avait tuées ? Il communiquait peut-être avec un tueur. « Mon Dieu ! »

Malgré tout, Olivier continua, il ne pouvait s'arrêter là.

— Tordre le cou à quelqu'un, pour toi, ça veut dire quoi ?

— Ça veut dire ce que ça veut dire.

— Ce n'est pas une réponse, ça !

— O.K. Je vais tout t'expliquer. C'était des vaches, toutes des vaches. Elles étaient sales. C'était de vieilles salopes. Je les ai tuées parce qu'elles me faisaient vomir. Et leur pourriture de corps, je la balançais dans la rivière.

— Quelle rivière ?

— Demande à Charles, c'est un saint, lui, il sait tout, il sait que c'est une bien belle rivière, elle est rouge sang. Ma couleur préférée. Ah !

— Combien de personnes as-tu balancées dans la rivière ?

— Onze, exactement. Ha ! ha !

— Est ce que les corps ont été retrouvés ?

— Bien sûr, les vers sont venus les chercher. Ha ! ha !

— L'endroit où le gars te pisse dessus, où est-ce ?

— Ce n'est pas vraiment loin de chez toi, mon cher petit garçon curieux.

Olivier n'était plus sûr de rien. Il était en train de se demander s'il parlait à un esprit ou à une personne bien vivante qui avait un pouvoir de télépathie et de télékinésie extraordinaire. Parce qu'à l'instant, les objets se mirent à se déplacer.

— Laisse mes affaires tranquilles !

Il n'aurait pas dû lui dire ça.

Il se sentit soulevé. On aurait dit que son corps pesait une plume. Puis un poids incroyable lui écrasa la poitrine, comme si une force centrifuge cherchait à isoler tous ses organes vitaux.

Ça lui faisait mal.

Olivier cria.

Ses oreilles bourdonnèrent. Malgré la lumière du jour, sa chambre fut plongée dans les ténèbres. Ou était-ce sa vue qui s'obscurcissait ?

Une atmosphère glauque régnait, s'infiltrait dans son cerveau. Le souffle lui manquait. Ses poumons voulaient éclater.

— Il va me tuer. Je vais mourir.

CHAPITRE ONZE

De beaux draps blancs

Sylvie se précipita vers son fils qui gisait par terre. Il était inconscient. Depuis combien de temps était-il dans cet état ? Que lui était-il arrivé ?

Elle tenta de le réveiller, mais en vain. Rien du tout. Elle eut un instant de panique. Et si...

Non, il respirait.

Elle se précipita sur le téléphone et composa le 911.

Quelques minutes plus tard, à l'arrivée des ambulanciers, Olivier n'avait toujours pas repris conscience. Sylvie pleurait à chaudes larmes. Elle avait perdu son mari et se refusait à envisager une seule seconde la mort de son fils. « Mon Dieu, faites quelque chose. Je vous en prie ! »

Sylvie tremblait comme une feuille. D'une main, elle s'était accrochée à un coin de la civière pendant que son fils était poussé à l'intérieur de l'ambulance.

Sirènes hurlantes, ils se dirigèrent vers l'hôpital.

***

Tout était blanc autour de lui quand Olivier ouvrit les yeux. Sa mère était là et lui tenait la main.

— Olivier, tu m'as fait peur.

Elle devait dire vrai, car ses doigts tremblaient toujours. Sa main était froide.

— Les médecins vont t'examiner. Ce n'est pas normal d'être inconscient aussi longtemps.

Ils ne trouveront rien, pensa Olivier. Il se souvenait de ce qui s'était passé. C'était l'esprit. Il était méchant. C'était un assassin. Un instant, Olivier avait cru qu'il avait voulu le tuer. Mais pourquoi ? Il l'ignorait. Ce qu'il savait était qu'il ne voulait surtout pas en parler à sa mère.

Il ferait ses propres recherches, il en parlerait à Zacharie et Julie. Eux, ils le croiraient. Aussitôt qu'il réussirait à sortir de cet hôpital, c'est ce qu'il ferait. Il leur dira tout. Bientôt. Il espérait seulement qu'il ne serait pas trop tard.

CHAPITRE DOUZE

Olivier Bonnin (III)

Pendant que je suis là, étendu dans ces draps blancs, j'ai le temps de réfléchir, de penser à ce qui m'est arrivé.

Les médecins me font passer des examens : prises de sang, radiographies, etc. Je ne leur ai pas dit qu'ils perdent leur temps. Qu'est-ce qu'ils espèrent trouver ? Une tumeur au cerveau ? Meilleure chance la prochaine fois.

Ma mère est inquiète, je le sais, je la connais. Elle gesticule pour rien, sursaute à tout propos.

Oui, j'ai le temps de ruminer. Et en ce moment, c'est à lui que je pense. Le premier esprit qui s'est manifesté n'est plus jamais revenu me parler. Pourquoi ?

Il faut que je reprenne contact. Peut-être a-t-il des réponses à me donner. Peut-être sait-il comment je peux me débarrasser de cet esprit malveillant.

Débarrasser, c'est le mot.

Maintenant, il me parle où il veut ; pas besoin d'être enfermé dans ma chambre. Je n'ai même pas besoin de papier et de stylo. Il est venu ici ! Il m'a dit dans ma tête que j'étais un idiot. Que j'étais pire que Mario.

C'est ça que je ne comprends pas. Qu'est-ce que Mario vient faire dans toute cette histoire ?

Je n'ose plus placer un mot. J'ai peur de lui. Je ne veux plus jamais qu'il compresse tout mon intérieur comme un citron.

Je l'écoute donc sans broncher. Ai-je le choix ? Je dois faire semblant de rien. Ça, je le sais.

L'esprit m'a dit que Mario fait des choses pour mon bien. Ça alors, c'est un comble ! Mon bien, ce n'est certainement pas par lui qu'il passe. Qui va prendre ma place sur les bancs de l'école à partir de demain ? Pendant que je vais me morfondre ici, ce sera la rentrée à la polyvalente. Tout le monde y sera, sauf moi. Même Zacharie et Julie, ils ont de la chance !

En passant, ils sont venus me voir. Julie m'a dit de ne pas m'en faire avec la haie de thuyas du cimetière. Elle a ajouté qu'elle était maintenant beaucoup plus petite, mais qu'elle avait repris sa forme carrée.

J'ai ri un peu. C'était la seule chose qui pouvait me faire sourire. J'imaginais Julie, une espèce de tronçonneuse entre les mains, en train de refaire une beauté à la haie. En tout cas, ça aurait été plus rapide. À la place, elle a utilisé les cisailles, ce qui lui a sûrement pris un temps fou. Des heures supplémentaires pour lesquelles elle ne sera jamais rémunérée.

Oui, demain, c'est la rentrée, et moi je vais encore moisir ici. Ma mère me trouve changé. C'est peut-être pour ça qu'elle insiste auprès des médecins pour qu'ils me trouvent « quelque chose ».

Pauvre maman ! Toi aussi, tu perds ton temps.

J'ai eu de la difficulté à communiquer avec Lui, l'esprit bienfaisant, mais j'y suis arrivé. J'ai fait mille et une tentatives. Le méchant esprit voulait prendre sa place. Plus d'une fois, j'ai senti mon lit se soulever. Mais en fin de compte, j'y suis arrivé.

Et il m'a fait pleurer.

CHAPITRE TREIZE

Lui (I)

« Te souviens-tu de l'été de tes dix ans, Olivier ?

« Te souviens-tu de ce jour d'août où tu jouais avec ton cousin dans la grange chez ton grand-père ?

« Je vais te le rappeler.

« Tu jouais à Superman et ton cousin était la victime que tu devais sauver.

« Tu portais une longue cape rouge et un gros ceinturon avec un gigantesque S tracé au crayon feutre noir sur un bout de carton.

« Toi et Frédéric aviez bien du plaisir. Il était facile pour toi de prétendre que tu pouvais voler comme Superman. Tu n'avais qu'à t'élancer d'une poutre en haut de la grange. La botte de foin géante sur le plancher amortissait toutes tes envolées.

« Ni l'un ni l'autre n'aviez remarqué un chat qui était descendu du fenil.

« Si vous l'aviez vu, ça vous aurait peut-être donné le temps de réagir. Vous auriez sûrement fait quelque chose en voyant son dos arqué, ses poils hérissés, ses yeux plus noirs que la nuit. Vous vous seriez méfiés de sa façon de se déplacer, légèrement de côté et à pas feutrés.

« Or, vous n'avez rien vu venir. L'attaque a été féroce. Et c'est toi qu'il a attaqué, Olivier. Maintenant, est-ce que tu t'en souviens, Olivier ?

« C'est toi-même, Olivier, qui as décidé de tout effacer de ta mémoire, l'attaque et ce qui s'est passé après. »

Olivier pleurait.

CHAPITRE QUATORZE

Olivier Bonnin (IV)

Maintenant, les médecins pensent que j'ai besoin d'un psychologue. Il paraît que ma mère m'a entendu parler dans mon sommeil. Qu'est-ce que j'ai bien pu dire ?

Les médecins ne m'ont rien trouvé. Je le savais.

Selon eux, je souffre d'un mal psychologique.

Comme Mario ?

Non ! Impossible, je ne suis pas un idiot.

Mon mal est à l'intérieur, pas dans ma tête. Ma mère n'avait pas cinquante ans lorsque je suis né, elle en avait vingt-trois et mon père, vingt-cinq.

Papa. Qu'est-ce que tu peux bien penser de moi, du haut de ton ciel ?

Plusieurs fois, je Lui ai demandé de me dire comment tu étais. Est-ce que tu te sens bien ? Est ce que tu me vois grandir ? Est ce que tu m'aimes encore ?

Après tout, Il ne m'a jamais répondu que ce n'était pas de mes affaires, comme l'esprit mauvais. C'était pire, il ne disait rien.

Alors je ne savais rien. Rien. C'était le vide. Pas de réponses à mes questions. Pas de baume sur mon cœur. Pas de preuve que la vie existe après la mort.

À propos, qu'arrive-t-il après la mort ? Je ne comprends pas pourquoi l'esprit est en vie, lui. Je ne comprends pas pourquoi, Il est en vie.

Qu'est-ce qui va m'arriver, à moi, lorsque je serai mort ?

Est ce que je vais me faire bouffer par les asticots ? Et lorsqu'ils en auront fini, lorsqu'ils auront dévoré ma chair et mes entrailles, est-ce que ce sera vraiment terminé ?

Plus rien.

Le vide.

Le néant.

Endormi pour la vie.

Est-ce que ça veut dire que la planète Terre aura beau retourner à l'ère des dinosaures mille fois et recommencer son processus, que plus jamais, je ne pourrai respirer, manger, penser, me déplacer, sentir des choses, avoir faim, me sentir mal, me sentir bien ?

CHAPITRE QUINZE

Lui (II)

« Te souviens-tu de l'été de tes dix ans, Olivier ?

« Te souviens-tu de ce qui s'est passé après l'attaque du chat ?

« Je vais te le rappeler.

« Lorsque vous avez réussi à sortir de la grange, tu criais, tu pleurais. Ton cousin aussi. Tu avais été mordu partout et ton corps portait de profondes entailles faites par les griffes du chat devenu fou.

« Ton père est sorti de la maison en trombe et, lorsqu'il a vu le chat, il a tout compris.

« Ton père est retourné à l'intérieur pour en ressortir quelques minutes plus tard armé d'une carabine.

« Il t'a dit d'entrer dans la maison.

« Tu avais deviné ce qui allait arriver. Alors tu t'es enfui en courant à toutes jambes. Tu es monté à l'étage et tu t'es réfugié dans la salle de bains.

« Là, tu t'es bouché les oreilles. Tu as regardé par la fenêtre et tu as vu le chat bondir vers la maison. Tu as entendu un coup de feu. Tu as vu ton père sortir l'animal de la cave en le tenant à bout de bras et par la queue. Le chat était tout ensanglanté, tout déformé.

« Tu as vu ton père balancer la masse le plus loin qu'il pouvait sur un mur de roches dans le champ voisin.

« Lorsque ton père est entré dans la maison, il a examiné tes blessures. Il les a désinfectées. Ça t'a fait mal et tu t'es remis à pleurer.

« C'est alors qu'il t'a demandé :

— Qu'est-ce qui te ferait plaisir, Olivier ?

« Tu lui as répondu :

— Des bonbons.

« Ton père t'adressa un clin d'œil et partit sur le champ.

« Destination, le dépanneur du village.

« Et il n'est jamais revenu.

« C'est le jour de l'accident.

« Quelqu'un roulant à haute vitesse et ayant exécuté un dépassement interdit venait de tuer ton père.

« Lorsque les policiers apportèrent à ta mère tous les effets personnels de ton père retrouvés sur les lieux de l'accident, il y avait parmi ses objets une boîte de *Smarties*, une *Caramilk*, de la réglisse rouge, un rouleau de *Life Savers* et une boîte de *Cracker Jack*.

Olivier pleura, pleura.

CHAPITRE SEIZE

Retour à la normale

Ma mère m'avait encore vu pleurer lorsque j'étais à l'hôpital et plusieurs fois, m'a-t-elle dit. Elle m'avait entendu parler tout haut. Elle disait que je parlais de mon père, d'un certain esprit malveillant, de Mario et d'un certain « Lui ». Je déteste trahir mes pensées.

Elle était drôlement inquiète, j'en étais certain. Elle insista donc pour que je consulte un psychologue.

— Il pourra t'aider à faire le deuil de ton père, si c'est ça qui te tourmente, dit-elle.

J'ai tout de même réussi à la convaincre d'attendre un peu. Je n'avais pas vraiment envie de consulter un psy. Surtout, je savais que le temps pressait.

Zacharie, Julie et moi avions rendez-vous, ce midi, à la bibliothèque de la polyvalente.

Je pointai du doigt la salle des ordinateurs. J'avais pensé que ce serait l'endroit idéal pour leur raconter mon histoire et entreprendre mes recherches.

Je leur ai tout raconté. Du début à la fin.

Au départ, Zacharie et Julie avaient l'air sceptiques. Mais lorsque je leur ai parlé de la lettre qu'on avait trouvée au cimetière et que je leur ai montré les bouts de papier conservés lors de mes discussions avec l'esprit, ils ont tout de suite compris que j'étais loin de fabuler. D'ailleurs, je leur avais demandé d'apporter la lettre, Zacharie l'ayant gardée.

Nous avons comparé l'écriture. C'était la même. Exactement la même. Il était inutile d'avoir recours à un graphologue.

Cette écriture-là n'était pas la mienne, même si c'était ma propre main qui avait tracé les lettres sur le papier. Julie le savait bien d'ailleurs. Combien de fois m'avait-elle taquiné au sujet de mon écriture ? Elle disait que 'écrivais comme une fille, que c'était trop pro-pre pour un garçon, que mes lettres étaient rondes et bien formées.

Les jeunes de première secondaire avaient finalement réussi à échapper à la bi-bliothécaire. Lorsqu'elle s'avança vers nous, elle nous demanda d'un ton aimable de mur-murer en nous adressant un clin d'œil. Indéniablement, elle savait comment négocier avec les jeunes.

C'est vrai que nous étions un peu excités. Nous nous apprêtions à faire une recherche dans Internet qui nous rendait fébriles, bien entendu, mais nous avions également une certaine crainte de ce que nous découvririons.

CHAPITRE DIX-SEPT

Albert Strindberg

Olivier défroissa ses notes d'une main en les posant sur la table pour que Zacharie et Julie puissent y jeter un coup d'œil. Olivier se concentra en regardant les mots écrits.

— Il va falloir que je me souvienne des questions que je lui ai posées, dit-il. Vous avez deviné que ce sont seulement les réponses qui sont là-dessus.

— Attends, Olivier. Je vais d'abord aller faire une photocopie de toutes ces feuilles. Je reviens tout de suite.

Sur ce, Julie se leva, s'exécuta et, lorsqu'elle revint, ajouta :

— Comme ça, nous allons pouvoir prendre des notes sans abîmer les originaux.

— Hé ! on va pouvoir jouer aux détectives, s'exclama Zacharie. Toi, Julie, tu seras la secrétaire, renchérit il avec un sourire en coin.

— Ouais ! Va pour une fois.

Ils décidèrent en toute logique de commencer par le début. Une lecture rapide de la recette aux vers de terre fit ricaner Zacharie et grimacer Julie.

— Ça, je pense que nous ne devrions pas y accorder trop d'attention, fit remarquer Olivier. Je pense que c'était une de ses farces plates.

Ils analysèrent tout le contenu en numérotant chaque réponse et en inscrivant au-dessus les questions qu'Olivier avait probablement formulées.

Ils décidèrent ensuite de partir chacun de leur côté pour réfléchir à tout cela et tenter de trouver ce que pouvait signifier ces réponses énigmatiques. De toute façon, il se faisait tard et les cours de l'après-midi étaient sur le point de commencer.

***

Le lendemain, même heure, même poste, ils firent chacun un compte rendu de leurs hypothèses. Zacharie pensait qu'il s'agissait probablement d'un dérangé mental qui avait habité dans un immeuble d'habitation ou qui était interné dans un institut psychiatrique, notamment à cause de la phrase : « Le gars en haut me pisse dessus. » Donc, selon Zacharie, il y avait quelqu'un qui vivait au-dessus de cet esprit.

Julie avait une tout autre hypothèse qu'elle n'expliqua pas tout de suite. À la place, elle se mit à entrer des mots dans un moteur de recherche. Elle examina attentivement les résultats.

— Ce ne sera pas évident, mais j'ai une petite idée, dit-elle.

Elle avait entré les mots « tueur » et « rivière ».

Elle y trouva beaucoup d'information sur la pollution des rivières et ce genre de trucs. Mais en persévérant, elle tomba sur un article de journal.

« *Le Soleil*, mardi, 9 septembre 1980

« Le tueur de la rivière Saint Charles

« Celui que l'on surnommait le tueur de la rivière Saint-Charles a été arrêté par la police de Québec tard hier dans la nuit. Selon les informations que nous avons pu obtenir, il s'agirait d'un dénommé Albert Strindberg. C'est grâce à l'intervention d'un citoyen que cette arrestation a eu lieu.

« En effet, monsieur Philippe Leblanc aurait aperçu quelqu'un à l'étrange comportement rôdant aux abords de la rivière. Monsieur Leblanc a alors prévenu la police de Québec.

« Arrivés sur les lieux, les policiers ont constaté que l'individu s'affairait à sortir un

corps du coffre de sa voiture. Malheureuse-
ment, il s'agissait d'une autre victime, la on-
zième de la série. »

Avec le nom, Julie fit une autre recherche,
ce qui l'amena sur le site de *La librairie du
crime*. Et là, ils en eurent le souffle coupé.

CHAPITRE DIX-HUIT

Le tueur de la rivière
Saint-Charles

L'histoire d'Albert Strindberg y était relatée. Le tout était illustré de photographies et s'étirait sur une dizaine de pages.

En regardant la photo de Strindberg sur l'écran de l'ordinateur, Olivier eut l'impression que celui-ci lui avait fait un clin d'œil.

C'est alors que tout se mit à déraper.

D'une part, il entendait la voix de Julie qui lisait certains passages du texte affiché à l'écran...

— Albert Strindberg a assassiné onze femmes...

D'autre part, il voyait l'image se tordre sur l'écran...

— ... il les a étranglées avant de jeter leur corps dans la rivière Saint-Charles.

Les visages de Zacharie et Julie semblaient se consumer.

— ... des amis des victimes ont témoigné que celles-ci avaient reçu une croix artisanale ornée d'une gerbe de onze roses noires avant leur assassinat.

Olivier sentit une chaleur partir du bout de ses orteils et remonter jusqu'à la racine de ses cheveux. Il avait l'impression que la température de la bibliothèque venait d'atteindre cinquante degrés Celsius. Il sentit la sueur lui perler au front et lui dégouliner dans le dos. Ses vêtements lui collaient à la peau. Son chandail semblait avoir tellement rapetissé que le col l'étouffait.

— ... Albert Strindberg a écopé d'une peine d'emprisonnement de deux cent cinquante ans.

Olivier tenta de se lever, de fuir, mais il en fut incapable. Il avait l'impression que la pièce tout entière tournait à une vitesse vertigineuse et que la force de gravité le tenait collé à sa chaise. Il ne maîtrisait plus sa tête. Elle était inclinée vers l'arrière ; il sentait le dossier de la chaise sous son cou. Il n'était plus capable d'avaler la salive qui s'échappait à la commissure de ses lèvres toutes grandes ouvertes.

— ... il purgera sa peine au pénitencier de Donnacona.

La puanteur revint. Elle était là. Plus dominante que jamais. Olivier eut l'impression qu'on venait de lui plonger la tête dans un charnier avec des milliers de corps en putréfaction.

La voix de Julie fondit elle aussi. Albert prit sa place.

— Ha ! ha !

Non, il ne devait pas le laisser faire, le laisser s'emparer de lui. Il luttait de toutes ses forces contre l'esprit, mais la puanteur inhibait toute sa force et menaçait dangereusement son estomac.

— Je suis beau, hein ?

— Non, tu n'es pas beau. Tu es laid.

— T'as vu mes photos. Beau bonhomme, n'est ce pas ?

— Non, tu es laid. Tu as l'air d'un nain difforme avec une grosse tête. Tu as l'air d'un monstre. Tu es un monstre.

Toutes les cellules de son cerveau étaient en ébullition. Elles menaçaient d'éclater à tout moment. De se répandre telle la lave d'un volcan. Olivier se prit la tête à deux mains et se mit à hurler.

Une main le saisit.

CHAPITRE DIX-NEUF

La mauvaise graine

— Dis donc, espèce de petit emmerdeur...

— Quoi, encore ?

— Tu es en train de tout gâcher, tu es comme ton paternel.

— Non, je ne suis pas comme mon père. Je suis comme ma mère, moi !

— Tu es un salaud comme ton père. Je l'ai connu, moi, ton père. Je l'ai vu de très près, même.

— Non, je suis comme maman. Pourquoi me dire des choses comme ça ? Ce n'est pas vrai. PAS VRAI !

Mario s'agitait, tremblait comme une feuille. Il n'avait jamais voulu être comparé à son père à cause des mauvaises langues, celles qui lui disaient qu'il était de la mauvaise graine. Celles qui changeaient de trottoir lorsqu'elles le croisaient. Il connaissait l'histoire de son père. Sa mère la lui avait racontée. Il savait que son père n'était pas vraiment un tueur ; c'étaient les circonstances qui avaient fait de lui un meurtrier. Mais les gens n'avaient jamais cherché à connaître les raisons. Ils s'étaient contentés de juger, c'est tout.

— Voyons, pourquoi tu t'énerves comme ça ?

— Parce que tu es méchant.

— Ce n'est pas moi le méchant. Je le connais, moi, le méchant, et il faut qu'il débarrasse le plancher. Toi aussi, tu le sais. Et c'est toi qui dois le faire. Tu sais ça, hein, Mario !

— Je ne comprends pas. Je ne comprends jamais rien de ce que tu dis !

— Ouvre tes grandes oreilles et tu vas comprendre tout de suite.

Machinalement, Mario plaqua une main sur son oreille droite. C'est vrai qu'il avait de grandes oreilles. Il le savait, c'est pour ça qu'il portait toujours une casquette, ça paraissait moins.

— Il y a quelque chose qui t'en veut. La chose veut te tuer, il va falloir que tu l'élimines, sinon c'est toi qui vas y passer. T'as compris ?

— Je ne suis pas un oiseau, moi !

— T'es peut-être pas un oiseau, mais t'as une cervelle de moineau.

— Pas vrai !

— Tu vas devoir le prouver.

— Comment ?

— En écoutant ce que je te dis. Comme d'habitude, tu vas devoir éloigner le préda-teur de chez toi. L'envoyer ailleurs. Mais lorsque tu seras ailleurs, il y a quelque chose qui va t'attendre. C'est gros, et il te veut du mal. Tu devras utiliser une tactique que je vais te décrire. Il a peur des chats. Alors tu devras faire semblant d'être un chat. Tu devras te promener à quatre pattes, comme un chat. Tu comprends, Mario ? Il faudra que tu miaules aussi, parce qu'un chat, ça miaule, tu sais ça, Mario. Il faudra aussi que tu fasses semblant d'être un chat qui est très fâché. Il aura encore plus peur. Les torts seront réparés, mon petit Mario. Ha ! ha !

CHAPITRE VINGT

Balade dans le quartier Saint-Roch

Julie secouait frénétiquement les épaules d'Olivier. Pourquoi avait-il perdu conscience aussi brusquement ? Pourquoi ne se réveillait-il pas ?

— Zacharie, va chercher un verre d'eau. Tout de suite !

Zacharie détala comme un lapin et revint verre d'eau en main au moment où Olivier commençait à cligner des yeux. Il se pencha vers Olivier qui était étendu de tout son long sur le tapis de la salle d'informatique.

— Si tu ne reprends pas tes sens tout de suite, je te le lance à la figure, le menaça-t-il.

Les ténèbres s'estompèrent et Zacharie lui fit boire quelques gorgées d'eau.

L'eau froide dans sa bouche et dans sa gorge lui fit grand bien et il se leva tranquillement, encore un peu étourdi. Il regarda Julie et Zacharie tour à tour.

— Vous n'avez rien vu ? demanda-t-il étonné.

— Vu quoi ? répondirent les deux amis en chœur.

— Lui, Albert Strindberg, faire un clin d'œil.

— Hein ?

Par réflexe, Zacharie fit le tour de la salle des yeux. Pas d'Albert en vue. La seule trace qui subsistait était sa sale tête affichée à l'écran informatique. Olivier raconta ce qui s'était passé, puis il ajouta :

— Il me fait peur. Comment peut-il s'emparer de mon cerveau et me faire faire tout ce qu'il veut ? gémit Olivier.

Zacharie et Julie sentirent toute la détresse qu'éprouvait leur ami. Ils voulaient l'aider, mais comment ?

— Il faut qu'on trouve sa faille, dit Julie tout haut en réfléchissant. Il doit bien y en avoir une.

— Ouais, c'est ça, tu as raison, Julie, renchérit Zacharie. Qu'est-ce que tu en penses, Olivier ?

— J'en pense que j'ai hâte. Très hâte. Ce ne sera pas facile. Et il y a Mario dans cette histoire. Je ne comprends pas ce qu'il vient faire là-dedans.

— Ça veut dire qu'on devra se creuser les méninges et chercher jusqu'à ce qu'on trouve les réponses, conclut Julie en pointant du doigt l'écran de l'ordinateur.

Olivier n'osait pas regarder l'écran. Et s'il se remettait à délirer ?

Julie ramassa leur documentation en vitesse. Elle venait de prendre une décision.

— Venez, on s'en va à la bibliothèque Gabrielle-Roy.

***

En chemin, Olivier avait demandé à Julie ce qu'elle espérait trouver de plus à cette bibliothèque.

— On a accès à Internet comme à la bibliothèque de l'école, oui, je suis bien d'accord. Mais nous pouvons surtout fouiller dans toutes les archives de journaux sur microfilms. Voilà pourquoi.

Ils étaient maintenant tous trois fébriles. L'autobus leur semblait plus lent que d'habitude. Ils étaient perdus dans leurs appréhensions quant à ce qu'ils allaient peut-être découvrir. Olivier ne pouvait s'empêcher d'éprouver une réelle angoisse, un peu comme lorsque, comme gamin, il allait chez le dentiste. Ils ne parlaient presque pas, ils regardaient le décor qui se métamorphosait peu à peu, les immeubles modernes faisant place aux plus anciens, les artères principales et les rues rétrécissant. Les gens changeaient aussi, on passait du monsieur élégant et de la dame assez bien nantie à ceux qui, à en juger par leurs vêtements, ne se promenaient certainement pas en Mercedes. Le quartier Saint-Roch rimait avec pauvreté.

***

Après avoir arpenté un secteur de la rue Saint-Joseph, ils arrivèrent à la bibliothèque. Julie alla droit au but en s'informant à l'accueil où ils pouvaient visionner des microfilms.

— Troisième étage, leur répondit la dame.

Ils cherchèrent des yeux en arpentant l'immense salle, puis repérèrent enfin l'appareil qui leur permettrait de creuser le passé.

CHAPITRE VINGT ET UN

La machine à remonter
le temps

Comme un capitaine qui pilote son bateau, Julie prit tout de suite la barre. C'est elle qui cherchait pendant qu'Olivier et Zacharie se penchaient au-dessus ses épaules.

Ils trouvèrent dans les archives plusieurs articles relatant ce qu'ils savaient déjà. C'était similaire à ce qu'ils avaient trouvé sur le site de *La Librairie du crime.* Néanmoins, ils lisaient tout. On ne sait jamais, il pourrait s'y trouver un quelconque détail important.

Ils mirent la main sur une série de photographies d'Albert Strindberg. On le voyait sous tous les angles : de face, de profil, en pied.

Sous les images défilait un long article s'intitulant *Portrait d'un tueur en série.*

« Albert Strindberg était le dernier d'une famille nombreuse. Il est né chétif et a «oublié» de grandir. À l'âge adulte, il mesurait à peine un mètre quarante-sept. Il était la risée de ses frères et sœurs qui, eux, étaient tous de taille normale. Dans ce portrait d'un tueur en série, nous laisserons parler quelqu'un qui l'a bien connu et qui saura peindre encore mieux que quiconque le personnage et son caractère, ce qui permettra de répondre aux questions que nous nous posons tous : Pourquoi un tueur devient-il un tueur ? Qu'est-ce qui peut pousser quelqu'un à agir ainsi ? Nous ne pourrons probablement jamais trouver toutes les réponses, mais vous aurez un bref aperçu de ce qui se passe dans la tête d'un tel personnage.

« Après plusieurs recherches, nous avons découvert l'identité de la sœur d'Albert Strindberg. Celle-ci a tenu à garder l'anonymat, ce que nous avons respecté. Voici ce qu'elle nous a raconté au sujet de son frère :

" Albert a toujours été timide, je dirais même qu'il était renfermé. Il ne parlait pas beaucoup, il était toujours dans son coin à sculpter un morceau de bois avec son canif. Il se cachait souvent derrière le poêle de la cuisine ; c'est là qu'on pouvait le trouver lorsqu'on le cherchait. Il n'a jamais eu de succès auprès des filles. Il n'était pas beau, c'est vrai. Je sais qu'il a souvent essayé de se faire des amies, mais ça n'a jamais fonctionné. Elles lui riaient toutes au nez et l'envoyaient promener. Il a abandonné l'école alors qu'il n'était qu'au secondaire. Il détestait l'école. Cela a occasionné une bataille entre mon père et ma mère. Ma mère disait qu'il devait s'instruire et que, de toute façon, elle ne voulait pas avoir à le surveiller toute la journée, que le temps où l'école s'en occupait, c'était au moins ça de gagné. Mon père pensait qu'il ne ferait jamais rien de bon à l'école. Ses notes étaient épouvantables. Il l'obligerait donc à aller travailler pour aider un peu la famille. C'est ce qu'il fit.

" Albert fut contraint de travailler comme aide-cuisinier. Il ne garda pas son travail longtemps. Le patron expliqua lui-même pourquoi à mes parents. J'étais là et j'ai tout entendu.

" Lorsqu'une belle fille commandait un plat, il faisait des coups pendables, si on peut appeler cela ainsi... Il mettait des épines de roses dans la purée de pommes de terre. Il avait dû en faire toute une collection. Ça avait dû lui prendre un temps fou pour en ramasser autant, mais il l'avait fait. Pour plusieurs, cela avait dû passer comme un grumeau de patate qui avait pu résister au mélangeur. Mais une fois, une jeune fille s'étouffa lorsqu'une des épines lui bloqua la gorge. Elle s'est étouffée et personne n'a rien pu faire pour la sauver. Elle est morte. Cependant, elle avait eu le temps de dire que quelque chose lui piquait la gorge. Le contenu de l'assiette a été examiné. Des questions ont été posées et Albert a dû vider son sac.

" Je me souviens de l'avoir surpris un jour à écraser du pied une à une des grenouilles qu'il était allé chercher à l'étang. C'est là que tout a commencé, je crois. Après, je l'ai vu déplumer un oisillon vivant. La pauvre bête gémissait autant de peur que de mal. Je l'ai dénoncé à ma mère. Albert a été vertement sermonné, il a reçu quelques bons coups de tue-mouches et il est allé se coucher ce soir-là sans souper. Mais ça ne lui a pas servi de leçon. Pas du tout. La punition n'avait pas été assez sévère, c'est certain, parce qu'il en faisait toujours plus, il devenait de plus en plus cruel.

" Un jour, ma mère a failli le tuer lorsqu'elle s'est rendue compte de ce qu'il avait fait. Il avait attaché des chats par la queue et les avait pendus à la corde à linge jusqu'à ce que mort s'ensuive.

" Il s'attaquait toujours aux petits animaux, ceux qui étaient plus petits que lui. Je ne l'ai jamais vu essayer de s'en prendre à un berger allemand. »

Après un instant de silence :

— La voici, la faille, s'écria Julie. On vient de la trouver !

CHAPITRE VINGT-DEUX

Œil pour œil...

Julie ne précisa pas ce qu'elle entendait par : « La voici, la faille. » Elle partit en nous disant qu'elle allait y réfléchir et nous expliquer son hypothèse lorsque nous nous reverrions. Elle prétexta qu'elle préférait être certaine, qu'on ne devait pas rater notre coup, etc.

Elle est partie avec une copie de cet article trouvé sur les microfilms. Un peu plus et elle nous plantait là tous les deux. Elle trépignait sur place en maugréant contre les autobus qui ne passaient pas assez fréquemment à son goût. Elle avait hâte de se retrouver seule dans sa chambre pour réfléchir, nous avait-elle dit.

Zacharie, lui, ne cessait de lever les yeux au ciel et de soupirer. Ça l'énervait lorsque

Julie s'agitait comme ça. Il lui avait dit qu'elle avait l'air d'une poule a qui on vient de trancher le cou, ce qui lui avait valu un coup de coude dans les flancs. Décidément, c'était une manie chez elle, avait clamé Zacharie.

Moi, je réfléchissais à cet Albert, comme maintenant d'ailleurs. Je ne peux pas m'empêcher de penser à lui. J'ai peur de lui, de ce qu'il a déjà fait et de ce qu'il pourrait faire encore.

Mais je savais ce que j'étais en train de faire, là, en ce moment. Je n'avais pas vraiment le choix. Des choses n'étaient pas claires.

Pendant le jour, cet endroit ne paraissait pas si terrible, mais la nuit, c'est vrai que ça changeait d'atmosphère. Je n'aurais jamais cru la différence si flagrante. Je frissonnais, il faisait froid. En septembre, c'est toujours comme ça, la nuit. C'est pour ça que ma mère protège ses tomates, le soir, avant d'aller se coucher.

Sous les réverbères, les stèles funéraires avaient l'air de renvoyer une lueur phosphorescente qui pointait diagonalement vers

le ciel. « *Un guide à suivre pour les âmes,* »
pensai-je.

J'avais une impression de déjà-vu.

C'était certain que j'avais déjà vu ces lieux,
j'y travaillais. Mais c'était autre chose, j'en
étais sûr.

C'était la pleine lune, en plein ce qu'il fallait pour m'imaginer une histoire de loup
garou. Peut-être qu'elle m'aiderait un peu,
parce que les réverbères n'éclairaient pas
tout. Surtout pas l'endroit où je voulais aller.

J'étais quelque peu exténué d'avoir dû
traîner cette pelle tout le long du chemin.
J'avais dû y venir à pied et oublier ma bicyclette à cause de cet outil beaucoup trop
encombrant. Il me semblait que la pelle
s'alourdissait à chaque pas.

J'aurais peut-être dû inviter Zacharie et
Julie à m'accompagner, mais il était trop tard.
J'étais déjà sur place.

J'aurais dû apporter une lampe de poche
aussi. C'était stupide de ne pas y avoir pensé.
Au moins j'aurais vu que ce n'était qu'une vul-

gaire branche qui m'avait fait trébucher, plutôt que de m'imaginer que c'était peut-être la main de Carrie, l'héroïne d'un des romans de Stephen King, qui était sortie de la terre pour attraper ma cheville.

« C'est assez ! me suis-je dit. Tu ne vas tout de même pas faire apparaître tous les monstres de la planète seulement parce que tu es dans un cimetière. »

La nuit, les lieux ressemblaient plutôt à un labyrinthe ; j'avais tourné en rond sans trouver l'endroit que je cherchais. J'étais à nouveau au pied de l'ange immense en granit, qui servait de stèle à un officier de la Deuxième Guerre mondiale.

Je réfléchis. Il me sembla qu'à partir d'ici, je devais aller droit devant jusqu'au centre du cimetière. Je n'avais qu'à m'imaginer en train de tondre le gazon. Je savais à peu près de mémoire le temps que ça me prenait pour arriver jusque-là. J'avançais lentement en contournant les obstacles.

Je sentis quelque chose s'effriter sous mon pied. En me penchant, je me rendis *compte que je venais d'écraser l'une des gerbes de roses noires.*

J'avais trouvé.

J'avais trouvé l'endroit que je cherchais.

Je sentis les poils de mes bras se hérisser. J'allais enfin découvrir ce qui était enterré ici et qui avait un rapport avec Strindberg.

Les croix. Les roses noires. La chanson.

Les croix. Les roses noires. La chanson.

C'était tout ce que j'avais en tête lorsque je me mis à creuser.

J'y allais frénétiquement, j'avais l'impression que la pelle s'enfonçait dans le sol comme dans de la guimauve, ce qui était plutôt paradoxal. On aurait dit que j'étais doté d'une force incroyable. Je venais d'essuyer du revers de la manche la sueur que l'exercice vigoureux avait fait perler sur mon front, lorsque ma pelle buta contre quelque chose de dur. Une pierre ? Non. Un cercueil ? Peut-être.

Eh non ! ce n'était pas du bois et ce n'était pas assez creux non plus. Les cercueils ne doivent-ils pas se trouver six pieds sous terre ?

Je continuai à creuser et je heurtai la chose fréquemment. Une odeur commençait envahir mes narines. Je ne pouvais encore rien distinguer de ce que j'avais trouvé.

Puis la senteur devint forte, insupportable.

Quelque chose se mit à bouger, à se traîner sur le sol.

— *Espèce d'idiot.*

Non, pas encore lui, pensai-je.

— VA-T'EN !

Olivier entendait toujours la terre qui se mouvait. En temps normal, cela aurait été à peine audible, mais le silence de la nuit amplifiait tous les bruits. Le son qui parvenait à ses oreilles était celui produit par de petites pierres roulant sur elles-mêmes.

— Tu devrais faire la recette que je t'ai donnée. Ici, tu trouveras un des ingrédients à profusion. Ha ! ha !

— Va te faire voir !

— Oh les gros mots ! Voyons, ti-gars, tu as tout fait ce travail pour rien. Tu n'avais qu'à me le demander.

— Te demander QUOI ?

— Ce qu'il y a d'enterré ici. Si tu me l'avais demandé, je te l'aurais dit.

— Va te faire voir !

Olivier se sentit brutalement soulevé par les pieds et jeté tête première dans le trou qu'il venait de creuser.

Malgré lui, ses lèvres effleurèrent la chose qui dégageait cette odeur nauséabonde.

Il se retrouva assis sur le sol tout aussi rapidement qu'il s'était retrouvé dans le trou. Cette fois, c'était lui qui l'avait voulu, ses mains avaient agi comme si elles avaient été munies d'un ressort.

Il s'essuya la bouche vigoureusement, à s'en user les lèvres. Il voulait chasser l'odeur de fermentation putride dont sa peau s'était imprégnée.

Olivier pleurait de rage et de dégoût.

— Tu es complètement fou !

— Je suis plus fort que toi. Ha ! ha ! Tu n'as pas encore appris la leçon ? Pourtant, tu vas à l'école.

— T'occupe pas de l'école, ce n'est pas le temps.

— C'est vrai, j'oubliais. Tu veux savoir ce qu'il y a ici, hein, ti-gars ?

Olivier se mordit les lèvres pour ne pas l'envoyer paître une autre fois et en subir les désagréables conséquences.

La terre se déplaçait. Ça n'avait pas cessé. C'était Albert qui faisait ça, il en était certain. Juste pour lui donner la frousse. Un autre de ses trucs abominables. Qu'est-ce qu'il manigançait au juste ?

— C'est vrai. Je veux savoir ce qu'il y a ici. Pourquoi ces croix ? Pourquoi ces bouquets de roses ? Je sais que c'est toi qui as tout fait. Toi !

— Non ! Surprise ! Ce n'est pas moi !

— Menteur. Tu donnais des bouquets de roses avec une croix en bois à toutes tes innocentes victimes.

— Surprise ! Ce n'est pas moi !

Olivier entendit clairement quelque chose ramper rapidement sur le sol.

— Wouch !

Un chat mort.

C'était ça, l'odeur, celle qui lui montait au nez depuis quelque temps. C'était la même qu'il avait sentie après que son père ait tué le chat fou, chaque fois qu'il était allé dans la cave chez son grand-père. Ça empestait le sang, les morceaux de cervelle brûlée, la chair en bouillie et la terre noire.

— Ce n'est pas moi ! C'est toi ! Ha ! ha ! ha ! ha ! ha !

CHAPITRE VINGT-TROIS

Dent pour dent

Mario s'éveilla en sursaut. Son lit bougeait tout seul. Le jeune homme se mit à trembler et à hoqueter.

— Debout, espèce d'idiot !

Mario serra son oreiller contre lui. Il était en train de rêver à son Kiwi, sa petite conure soleil que sa mère lui avait acheté à gros prix. Son perroquet avait appris à dire « Kiwi aime Mario ». Son cher oiseau qui avait été dévoré par le siamois des voisins.

— Debout, espèce d'andouille !

Une larme perlait toujours dans le coin de son œil au souvenir de son compagnon, le seul qui ne lui ait jamais dit qu'il l'aimait, à part sa mère.

— Le prédateur est là, dehors. Tu dois le chasser ou bien, il va tuer tes oiseaux.

— Non, pas tuer mes oiseaux. Je ne veux pas.

— Alors, grouille ! Fais bouger tes fesses ! Mario s'exécuta et s'habilla en un clin d'œil. Il sortit de son appartement et arpenta des yeux le terrain qui l'entourait. Il vit quelque chose bouger et se dirigea vers la chose.

— Shhhhh !

— C'est ça, Mario, chasse-le !

Mario courait comme un déchaîné, empruntant toujours la même trajectoire, ce qui amena le prédateur dans la cour des Bonnin qui n'habitaient qu'à un coin de rue.

— Ce n'est pas assez loin, Mario. Pas assez loin. Il est rusé. Tu dois l'amener beaucoup plus loin.

— Où ?

— Je vais te guider.

Sans savoir où il allait, Mario suivit les directives.

Gauche. Droite. Droite. Droite. Gauche.

Puis il se riva le nez contre quelque chose.

— Traverse, espèce d'idiot !

— Non, ça pique !

— C'est juste du cèdre, pas des framboi-siers. Traverse !

Mario ferma les yeux quelques secondes et passa à travers la haie.

— STOP !

— Pourquoi arrêter ?

— Parce que c'est le grand jour. Celui où tu dois faire semblant d'être un chat pour chasser celui qui veut tuer, te tuer. Tu te souviens de ce que je t'ai dit ?

— Oui, je m'en souviens.

— À quatre pattes !

Mario obéit.

— Avance tranquillement. Tu dois être sur tes gardes, comme tout bon chat.

— Oui, mais...

— Silence ! Un chat, ça ne parle pas.

Mario se trouvait au pied d'un ange gigantesque en granit.

— À partir d'ici, c'est tout droit. Va !

CHAPITRE VINGT-QUATRE

Ou la loi du talion

Julie se réveilla, un puissant pressenti-ment ne la quittant pas. Elle avait les yeux grand ouverts et son esprit allait à cent kilo-mètres à l'heure. Elle avait rêvé, oui. Des tas d'images s'étaient imbriquées les unes dans les autres. Elle avait vu Strindberg, Olivier, les croix, les gerbes de roses, Mario et le ci-metière. Elle avait vu quelque chose d'encore plus terrible, et cela concernait Olivier.

Elle était certaine qu'en ce moment, il courait un grave danger. On s'apprêtait à détruire sa vie.

Julie se leva d'un bond, alluma sa lampe de chevet, attrapa son appareil téléphonique et composa le numéro d'Olivier.

À l'autre bout du fil, elle n'entendait que la sonnerie : dix coups, onze coups, douze coups...

— Réponds, Olivier ! Allez, décroche ! Dis-moi que je me suis trompée.

Treize coups, quatorze coups...

***

— Je le savais. Vite, il faut que ça bouge ! Julie raccrocha et composa le numéro de Zacharie.

Une voix endormie et pâteuse lui répondit. Elle ne perdit pas une seconde.

— Zacharie, il faut aller au cimetière !

Il y eut une pause, puis la voix de Zacharie lui parvint, plus éveillée cette fois.

— Es-tu folle ? As-tu vu l'heure ? Pourquoi me réveilles-tu à une heure du matin ?

— Il faut qu'on aille au cimetière. Tout de suite. Dans cinq minutes, je suis chez toi. Et tu ferais mieux d'être prêt !

— Euh...

— Cinq minutes, Zacharie !

Julie avait déjà raccroché. Zacharie avait senti la panique dans sa voix. Il enfila un jeans, un chandail et un bon coton ouaté. Il pensa à laisser une note à ses parents, mais il se ravisa. Ils dormaient comme des bûches. La preuve, la sonnerie du téléphone ne les avait même pas fait broncher.

Il avait à peine refermé la porte qu'il vit Julie arriver à bicyclette. Il ne perdit pas une minute, enfourcha la sienne et la rejoignit.

— Dis donc, Julie, tu peux m'expliquer un peu ?

— Olivier est au cimetière...

— Qu'est-ce qu'il peut bien faire là, le zouave ?

— Il veut savoir ce qu'il y a sous les croix.

— Euh...

— Zacharie, quelqu'un va mourir ce soir si on ne fait pas quelque chose. Et je ne veux pas que ce soit Olivier !

Un million de fourmis semblaient avoir envahi le corps de Zacharie en entier. Il avala sa salive.

— Comment ça, quelqu'un va mourir ?

— Écoute, lorsque nous serons arrivés là-bas, s'il te plaît, ne pose pas de questions. Fais tout ce que je te dirai. C'est la seule façon.

***

Tout lui revint en mémoire. Les périodes de néant se dissipèrent et Olivier revit comme dans un film tous ses faits et gestes. Il avait l'impression qu'une cassette vidéo avait été insérée dans sa tête et qu'on avait appuyé sur le bouton d'avance rapide.

Voilà pourquoi sa mère avait trouvé du sang dans la cour et que le cadavre avait semblé disparaître mystérieusement. Voilà pourquoi Olivier s'était retrouvé avec des écorchures sur le corps et des brindilles dans les poches. Il avait tué deux chats et il était venu ici les enterrer lui-même.

Strindberg s'était servi de sa peur enfouie depuis des années dans son inconscient. Mais pourquoi ? Les croix et les gerbes de roses, ce n'était pas lui. Il n'avait pas vu ces détails dans son film. Alors, qui ?

Il entendait toujours la terre se mouvoir par elle-même. Le mouvement semblait s'être accéléré.

— Tu es un salaud, Strindberg !

— Voyons, ti-gars! Tu ne vois pas que je suis en train de t'aider ? Tu n'as pas fini ton travail. Il faut que tu creuses un autre trou.

— À quoi ça sert maintenant que je sache ce qu'il y a là-dessous ?

— Tu veux que je t'y force ?

— Pourquoi ? Laisse-moi tranquille, Strindberg !

Il sentit ses pieds se soulever.

— NON !

Il n'avait pas envie de se retrouver encore une fois dans le trou, jambes par-dessus tête.

— Gauche, droite, droite. C'est à deux pas. C'est pas loin, ti-gars.

Olivier obéit et marcha jusqu'à l'endroit désigné.

— Creuse.

***

Julie tomba de sa bicyclette plus qu'elle n'en descendit.

— Grouille, Zacharie !

Elle l'avait déjà empoigné par une manche et tirait. Zacharie heurta sa cheville sur la pédale de sa bicyclette et grimaça de douleur.

— Bon sang, Julie ! Laisse-moi le temps d'arriver !

— Il fait noir.

— Tiens, moi aussi, j'avais remarqué ! C'est vrai qu'il est presque deux heures du matin...

— Arrête tes farces plates ! Où sont les croix ? C'est ça, il fait trop noir et je ne sais pas où aller. Passe en premier, je te suis.

Zacharie sortit la lampe de poche qu'il avait eu la présence d'esprit d'apporter.

C'était silencieux. Julie avait eu l'idée d'appeler Olivier, mais elle changea d'avis sans trop savoir pourquoi. Elle sentait qu'ils devaient avancer en silence pour ne pas se faire voir. Pas tout de suite, du moins. Olivier éclairait le sol avec sa lampe de poche, question de ne pas trébucher, et se garda bien d'éclairer droit en avant, comme le lui avait demandé Julie.

Un bruit à peine audible leur parvint, ce qui guida leurs pas.

Une ombre se profila ; on aurait dit un gros chien qui errait entre les stèles en reniflant le sol.

— Éteins la lampe de poche, murmura Julie.

L'ombre était toujours là. Elle avait grossi. Ils s'en rapprochaient, la talonnaient déjà.

Plusieurs bruits réguliers, tel le tic tac d'une horloge, semblaient guider l'ombre qui poursuivait son chemin.

Julie et Zacharie s'étaient réfugiés de l'autre côté de la haie pour pouvoir la suivre et se rapprocher sans être vus.

Ils étaient tout près maintenant. L'ombre fit un mouvement de tête et Julie tressaillit. Elle venait de distinguer une casquette sur la tête du gros chien. C'était Mario qui se déplaçait comme un animal. Zacharie l'avait reconnu en même temps qu'elle. Ils se regardèrent sans dire un mot, confirmant d'un hochement de tête qu'ils n'avaient pas la berlue.

Ils entendirent la voix d'Olivier qui criait.

— Laisse-moi tranquille. C'est assez !

***

— C'est assez ! ASSEZ !

— Creuse.

— J'ai assez creusé, je l'ai trouvé, l'autre chat mort. Qu'est-ce que tu veux de plus ? Ça pue, il est encore plus décomposé que l'autre.

— Creuse.

Olivier avait terriblement mal au cœur. Il avait des ampoules sur toute la surface de ses paumes. Ses jambes flageolaient, ses genoux ployaient sous son propre poids. Il perçut un bruit. Quelque chose rampait vers lui. Il tourna la tête et vit une ombre qui avançait dans sa direction.

— Si tu tiens à la vie, il va falloir que tu tues cette chose-là. Elle va t'attaquer.

— ...

— Ce sont eux, les chats que tu as tués. Ils ont pris une autre forme et ils sont venus pour se venger, poursuivit Strindberg.

— ...

— Ils veulent te détruire.

Olivier empoigna sa pelle à deux mains.

***

— C'est maintenant que tu dois agir, espèce d'idiot ! Et ferme ta gueule ! Souviens-toi, un chat, ça ne parle pas.

— ...

— Un chat, ça fait quoi ?

— Shiiiiishhhhh...

— C'est ça ! Allez, exerce-toi !

— Shiiiiishhhhh...

— Bravo ! Tu n'es pas aussi idiot que je le pensais. Allez, approche tranquillement. Ça fait quoi, un gros méchant chat, Mario ?

— Shiiiiishhhhh...

— Prépare-toi ! Tu y es presque.

***

— Olivier ! Mario !

Julie n'obtint aucune réaction ni de l'un ni de l'autre. Elle et Zacharie étaient tout près d'eux maintenant. C'était comme s'ils ne l'avaient pas entendue. Olivier et Mario semblaient en transe.

Un souffle lui balaya l'arrière du cou. Elle frissonna. Strindberg était là, elle sentait sa présence. Il fallait agir rapidement. Julie voyait bien que Mario était sur le point d'attaquer Olivier, et qu'Olivier s'apprêtait à attaquer Mario. Et ce manège, c'était Strindberg qui l'orchestrait.

— Zacharie, à partir de tout de suite, tu fais tout ce que je te demande, avertit Julie.

Zacharie se sentait perdu et inutile. Il regardait ce qui se passait et n'en croyait pas ses yeux.

D'une voix forte et décidée, Julie se mit à interpeller l'esprit.

— Strindberg ! Montre-toi si tu n'es pas un froussard !

Le temps sembla s'arrêter. À nouveau, elle sentit un souffle sur sa nuque. C'était glacé.

— Tu n'es qu'une poule mouillée, Strindberg ! Tu te caches ! Tu n'oseras jamais affronter plus d'une personne à la fois, hein ? C'est pour ça que tu n'oses pas te montrer le bout du nez !

Olivier tourna la tête dans sa direction. Une lueur inhabituelle illuminait ses yeux, ils reflétaient une âme qui n'était pas la sienne. Mario cessa d'avancer sans toutefois quitter Olivier des yeux.

— Laisse Olivier tranquille. Arrête de te servir de plus faibles que toi. Cesse d'écraser les plus petits que toi. Tu n'es qu'un lâche ! Un lâche !

Olivier fit quelques pas dans leur direction. Il avançait comme un automate. Julie prit la main de Zacharie et lui demanda d'aller prendre celle d'Olivier lorsqu'elle lui en donnerait le signal.

— Il faudra absolument que tu tiennes la main d'Olivier et la mienne. Peu importe ce qui arrivera, ne les lâche jamais. Fais ce que je te dis, je t'en prie.

Julie avait parlé tout bas sans regarder Zacharie. Elle fixait Olivier et ne s'occupait pas du tout de Mario qui semblait changé en statue de sel.

Julie serrait toujours la main de Zacharie. Ils avancèrent vers Olivier.

Lorsqu'ils furent tout près, Julie ne dit qu'un mot à Zacharie :

— Maintenant !

Tout se passa rapidement.

Zacharie attrapa la main gauche d'Olivier. Julie lui arracha la pelle et lui empoigna la main droite. Elle cria de toutes ses forces :

— Strindberg, tu n'es qu'un minable ! Tu n'as jamais pu coucher avec une femme parce que tu es trop laid !

Une forme se dessina juste derrière Olivier. Une forme géante qui peu à peu se précisa. Zacharie et Julie purent nettement distinguer les traits de Strindberg, tels qu'ils apparaissaient sur les photographies d'archives. Zacharie était pris d'épouvante ; ce qu'il voyait était bien réel. Trop réel. Il serrait toujours la main d'Olivier, mais il devait lutter avec lui chaque seconde. Il avait peur de le lâcher. Il serrait les dents comme pour donner plus de force à ses doigts et ne pas l'échapper.

— Tu n'es qu'un faible !

Zacharie se demandait s'il avait la berlue, mais la silhouette semblait bel et bien avoir rapetissé.

— Une baudruche haute de quatre pieds. Une lavette ! Une guenille ! Les femmes que tu ne pouvais pas avoir, tu les tuais ! C'était bien plus facile pour toi, hein, Strindberg ?

La taille de la silhouette diminua.

— Je sais qui tu es, Strindberg ! Je sais ce que tu voulais faire, Strindberg ! Encore une fois, tu t'apprêtais à agir comme un poltron !

La taille de la silhouette diminua encore.

— Tu voulais que quelqu'un d'autre assassine Mario à ta place et je sais pourquoi ! Espèce de froussard !

La taille de la silhouette diminuait inexorablement.

— Va-t'en. Je te l'ordonne !

Un long cri à la fois colérique et plaintif transperça la nuit. Puis un hurlement horrible. Bestial.

Zacharie en avait encore les jambes toutes molles. Jamais il n'oublierait ce qui venait de se passer. Au moment où Strindberg s'était volatilisé, Olivier et Mario avaient tous deux perdu conscience. Ils étaient revenus à eux quelques minutes plus tard, tout à fait désorientés. Surtout Mario. Ils se souvenaient de tout, sauf le laps de temps pendant lequel Julie parlait à Strindberg.

Olivier emprunta la lampe de poche de Zacharie et éclaira l'endroit où il avait creusé. La fosse était assez grande pour y enterrer un adulte. Un peu plus loin, là où était la première croix, même chose. Une fosse lugubre, assez grande pour accueillir un corps humain, avait été creusée.

— C'était ça, le bruit de terre qui bougeait toute seule, réfléchit tout haut Olivier. Un trou se creusait tout seul.

— À qui penses-tu que ces fosses étaient destinées ? interrogea Julie.

— À Mario et moi. Et il n'avait pas changé sa tactique. Sa marque de commerce, si vous voulez. C'était sa façon de prévenir que quelqu'un allait mourir. Les croix en bois noires et les roses de la même couleur, c'est Mario qui a tout fait. Mario fabriquait les croix, les peignait. Il achetait les roses et il allait déposer le tout là où Strindberg le voulait. Je le sais, j'ai suivi Mario.

— Vous vous souvenez, l'autre jour, lorsque je suis partie pour faire des recherches de mon côté ? J'ai trouvé plein de renseignements. Tu sais que Charles Bolduc, le père de Mario, était gardien de prison ?

Zacharie et Olivier écoutaient, les oreilles toutes grandes ouvertes. Mario se mit à s'agiter en entendant Julie mentionner le nom de son père.

— Le père de Mario travaillait à la prison d'Orsainville lorsque sa première femme a été tuée. Puis lorsque l'assassin a été retrouvé et envoyé en prison à Donnacona, il a demandé une mutation. Une fois sur place, il a tué de ses propres mains celui qui avait assassiné sa femme, soit Albert Strindberg.

Zacharie, Olivier et Mario étaient bouche bée. Maintenant, tout devenait clair, logique et terrible à la fois. Julie poursuivit son récit.

— Strindberg s'est servi de ta peur des chats, Olivier. Puis il a manipulé Mario de façon à ce que vous puissiez vous rencontrer, vous affronter. Le fait que Mario aime les oiseaux lui a grandement facilité la tâche aussi. Il voulait que tu tues Mario. Pour se venger. Après, il t'aurait tué, toi aussi, parce qu'il n'avait plus besoin de toi sans doute, ou parce qu'il a toujours été un lâche. Je peux dire merci à cet article de journal où la sœur de Strindberg le décrivait. C'est ce qui m'a servi pour le renvoyer d'où il venait, en enfer.

Mario applaudit et un large sourire illumina son visage. Il venait de pardonner à son père.

Épilogue

Olivier Bonnin alias Lui ou Il

C'est une bien étrange expérience que celle que j'ai vécue. J'aurais pu y laisser ma peau. Même si je m'ennuie de papa, je ne tiens pas à aller le rejoindre tout de suite. J'ai beaucoup trop de choses à accomplir avant.

Une de ces choses est de recommencer à écrire. Je pourrais même mettre par écrit mon histoire. Ou celle de Strindberg, si vous préférez. Ce ne serait pas une mauvaise idée, je crois. Tiens, j'ai même une idée de titre, La loi du talion. Si jamais vous lisez un roman portant ce titre, ce sera peut-être le mien.

Mon père avait une vieille machine à écrire, il s'en servait comme décoration. Hier, *j'ai pris une feuille, je l'ai insérée dans la machine et j'ai tapé sans plus réfléchir :*

```
         Tu m'as dépoussiéré,
             tu m'as donné
         une place d'honneur.
      En fait, tu m'as redonné vie.
      Je te transmets aujourd'hui
               ce talent,
    celui que j'ai toujours possédé,
           le don d'écrire.
             Underwood
                XOX
```

Ma conscience m'a parlé. Elle m'a aidé à déterrer mes squelettes. En fait, je croyais qu'elle se nommait Lui ou Il, mais c'était Moi.

TABLE DES MATIÈRES

Achevé d'imprimer
en octobre deux mille quatre, sur les presses
de l'imprimerie Gauvin, Gatineau, Québec